1911 Avril 25

Succession de Madame DÉCLAT

Veuve en Premières Noces de M. VIROT

IMPORTANT

MOBILIER ARTISTIQUE

ANCIEN ET MODERNE

TABLEAUX ANCIENS

ET OBJETS D'ART

PARIS — AVRIL 1911

CATALOGUE

D'UN

IMPORTANT MOBILIER ARTISTIQUE

ANCIEN ET MODERNE

TABLEAUX ANCIENS

Par

DANLOUX, P. MIGNARD, B. MONNOYER, PANINI, L. TOCQUÉ, WERTMULLER, ETC.

ESTAMPES ANCIENNES, SCULPTURES

ANCIENNES PORCELAINES DE CHINE ET FAIENCES

Orfèvrerie, Bois sculptés, Objets divers, Bijoux, Fourrures et Dentelles

BRONZES D'ART ET DE BEL AMEUBLEMENT

Sièges et Meubles Anciens et de Style

TAPISSERIES ANCIENNES

TENTURES, TAPIS D'ORIENT

LIVRES, ETC.

DONT LA VENTE AUX ENCHÈRES PUBLIQUES

PAR SUITE DU DÉCÈS DE MADAME DÉCLAT

VEUVE EN PREMIÈRES NOCES DE **MONSIEUR VIROT**

AURA LIEU A PARIS

HOTEL DROUOT, Salles N°s 9, 10 et 11 réunies

Les Mardi 25, Mercredi 26 Avril 1911

et Salles 10 et 11 réunies le Jeudi 27 Avril 1911

à deux heures

COMMISSAIRES-PRISEURS

Me CAMILLE DOUBLOT
Successeur de Me O. NOTTIN
6, rue Saint-Georges

Me HENRI BAUDOIN
Successeur de Me PAUL CHEVALLIER
10, rue Grange-Batelière

EXPERTS

Pour les Tableaux et Objets d'art :
MM. PAULME & B. LASQUIN Fils
10, rue Chauchat — 11, rue Grange-Batelière

Pour les Livres :
M. JULES MEYNIAL
30, boulevard Haussmann

A PARIS

EXPOSITIONS

PARTICULIÈRE : *Le Dimanche 23 Avril 1911.* . . . . } DE 1 HEURE 1/2
PUBLIQUE : *Le Lundi 24 Avril 1911.* . . . . } A 5 HEURES 1/2

Entrée par la rue Grange-Batelière

CONDITIONS DE LA VENTE

Elle sera faite au comptant.

Les adjudicataires paieront *dix pour cent* en sus des enchères.

L'exposition mettant le public à même de se rendre compte de l'état et de la nature des objets, aucune réclamation ne sera admise une fois l'adjudication prononcée.

N. B. — *Les mesures portées au Catalogue ne sont données qu'à titre d'indication approximative.*

Paris. — Imp. de l'Art, Ch. Berger, 41, rue de la Victoire

ORDRE DES VACATIONS

Le Mardi 25 Avril 1911 (Salles 9, 10, 11)

Estampes anciennes	1 à 17
Tableaux anciens	18 à 32
Sculptures	204 à 207
Orfèvrerie, Métal, Bijoux	53 à 105
Fourrures, Dentelles	321 et 322
Bois sculpté, Glaces	177 à 203

Le Mercredi 26 Avril 1911 (Salles 9, 10, 11)

Porcelaines et Faïences anciennes	33 à 52
Bronzes d'art et d'ameublement	131 à 176
Sièges divers et Sièges recouverts en ancienne tapisserie (Partie des)	256 à 269
Meubles anciens et modernes (Partie des)	208 à 236
Tapisseries anciennes, etc	287 à 304

Le Jeudi 27 Avril 1911 (Salles 10 et 11)

Livres non catalogués	332
Livres catalogués	323 à 331
Objets variés	106 à 130
Sièges (Fin des)	270 à 286
Meubles (Fin des)	237 à 255
Tapis d'Orient et Autres	305 à 318
Mobilier courant, Objets non catalogués	319 et 320

DÉSIGNATION

ESTAMPES ANCIENNES

BEAUBRUN (D'après)

1 — *Portrait de Marie-Thérèse, Infante d'Espagne, Reine de France et de Navarre.* (Épouse de Louis XIV.)

Estampe gravée par N. de Poilly.

Belle épreuve avec marge.

CHOFFARD

2 — *Adresse de De La Gardette, horloger.*

Cadre ancien Louis XVI en bois sculpté et doré.

Haut., 13 cent.; larg., 15 cent.

COCHIN

3 — *Billet pour le bal paré à Versailles, à l'occasion du mariage de Mgr le Dauphin.*

Cadre ancien Louis XVI en bois sculpté et doré.

Haut., 13 cent.; larg., 15 cent.

DEBUCOURT

4 — *Le Compliment ou la matinée du jour de l'an.*

Estampe ancienne *imprimée en couleurs* avec marge.

(*Vente Virot. Mai 1884.*)

ÉCOLE ANGLAISE (XVIIIe siècle)

5 — *Sujet pastoral.*

Petite estampe ovale imprimée en bistre.

JEAURAT (D'après)

6 — *La Place des Halles.*

— *La Place Maubert.*

Deux gravures en noir faisant pendants, par ALIAMET.

Épreuves avec marge. Encadrées.

LANCRET (D'après)

7 — *Le Philosophe marié.*

Gravure ancienne, par DUPUIS.

Épreuve avec marge. Encadrée.

LANCRET (D'après)

8 — *Le Glorieux.*

Gravure ancienne, par DUPUIS.

Épreuve avec marge. Encadrée.

LE BRUN (D'après)

9 — *Batailles d'Alexandre.*

Suite de quatre gravures anciennes avec marge. Encadrées.

MOREAU LE JEUNE (D'après)

10 — *Exemple d'humanité donné par Mme la Dauphine.*

Petite gravure en noir, par GODEFROY.

Épreuve ancienne avec marge.

Cadre ancien Louis XIV, en bois sculpté doré.

Haut., 24 cent. 1/2; larg., 17 cent. 1/2.

(*Vente Virot. Mai 1884.*)

NANTEUIL

11 — *Portrait d'Anne, Infante d'Espagne, Reine de France et mère du Roi, 1666.*

Estampe ancienne encadrée.

NANTEUIL

12 — *Portrait de Louis XIV.*

Estampe ancienne.

Très belle épreuve.

Cadre en bois sculpté et doré, aux armes du roi.

(*Vente Virot. Mai 1884.*)

NANTEUIL

13 — *Portrait de Colbert.*

Estampe ancienne, datée de 1670. Encadrée.

(*Vente Virot.*)

PATER (D'après)

14 — *Le Glouton*, par FILLŒUL.

— *Les Aveux indiscrets*, par DE LARMESSIN.

Deux gravures pour les *Contes de La Fontaine.*

Épreuves anciennes avec marge. Encadrées.

SAINT-AUBIN (D'après AUGUSTIN DE)

15 — *Le Bal paré. — Le Concert.*

Deux gravures anciennes faisant pendants, gravées par DUCLOS.

Très belles épreuves avec marge. Encadrées.

(*Vente Virot.*)

SMITH (J.-R.)

16 — *Contemplating the picture.*

Petite estampe anglaise ancienne, ovale.

17 — Suite de six gravures en couleur : Louis XVI et Marie-Antoinette devant le tribunal révolutionnaire et autres sujets sur la Révolution. Encadrées.

TABLEAUX

ANCIENS ET MODERNES

DESSINS

BOUCHER (Attribué à François)

18 — *Sacrifices aux dieux des Armées.*

Esquisse.

Toile. Haut., 40 cent., larg., 31 cent.

Cadre en bois sculpté doré, à mascaron et initiales.

(*Vente Virot. Mai 1884.*)

BOVET ET BENARD

19 — *Monuments et personnages.*

Dessin à l'encre de Chine, l'architecture de *J. L. Bovet* et les figures de *Benard.*

Haut., 37 cent.; larg., 55 cent.

Cadre mouluré à fronton sculpté.

(*Vente Virot.*)

DANLOUX (Henri-Pierre)

20 — *Portrait de Jeune Femme.*

En buste, tournée à droite, les cheveux relevés et poudrés. En costume blanc, avec collerette plissée.

Toile signée et datée : *1786.*

Haut., 64 cent. 1/2; larg., 52 cent. 1/2.

Cadre en bois sculpté doré à nœud de ruban.

(*Vente Virot.*)

ÉCOLE FRANÇAISE (Époque Louis XIV)

21 — *Portrait de Femme.*

En buste, de trois-quarts, vers la gauche, elle est vêtue d'un corsage de satin décolleté, paré, ainsi que le col et la chevelure, de perles.

Toile. Haut., 69 cent.; larg., 56 cent.

ÉCOLE FRANÇAISE (XVIIIe siècle)

22 — *Portrait d'un seigneur du temps de Louis XV.*

Vu à mi-corps, les cheveux poudrés, la main gauche sur la hanche, la droite dans le gilet; il porte un habit de velours foncé à palmettes et glands brodés d'or, un gilet en soie bleue, jabot et manchettes de dentelles.

Haut., 90 cent.; larg., 71 cent.

Cadre en bois sculpté doré.

(*Vente Virot.*)

ÉCOLE FRANÇAISE (XVIIIe siècle)

23 — *Jeux d'amours.*

Quatre peintures en grisaille, formant dessus de porte.

Toiles. Haut., 38 cent.; larg., 1 m. 48 cent.

Cadre en baguettes dorées Louis XVI.

ÉCOLE FRANÇAISE (XVIIIe siècle)

24 — *Le char de Vénus.*

Peinture en grisaille pour dessus de porte.

Toile. Haut., 60 cent.; larg., 97 cent.

Cadre fait de baguettes en bois sculpté doré. Époque Louis XVI.

ERPIKUM

25 — *Nymphes et Amours.*

Deux pendants.

Bois. Haut., 32 cent.; larg., 24 cent. 1/2.

MIGNARD (PIERRE)

26 — *Portrait d'un Maréchal de France.*

Debout, vu jusqu'aux genoux, le bras gauche appuyé sur son casque. Il tient à la main un bâton fleurdelisé. La figure de trois quarts, regardant vers la droite. Abondante perruque bonclée, tombant sur ses épaules. Il porte une cuirasse, le grand cordon de l'ordre du Saint-Esprit en sautoir. Tunique jaune à larges manches ouvertes, laissant voir les plis blancs d'une chemise à manches de dentelle. Fond de paysage sur la gauche. Très beau portrait.

Toile. Haut., 1 m. 44; larg., 1 m. 04 cent.

Cadre en bois sculpté.

(*Vente Virot. Mai 1884.*)

MONNOYER (Baptiste)

27 — *Fleurs dans un vase de cristal posé sur une table de pierre.*

Toile. Haut., 47 cent.; larg., 38 cent.

Cadre en bois sculpté doré.

(*Vente Virot.*)

MONNOYER (Baptiste)

28 — *Fleurs dans un vase posé sur une console.*

Deux pendants en forme de dessus de portes.

Toiles. Haut., 44 cent., larg., 1 m. 14 cent

(*Vente Virot.*)

PANNINI

29 — *Le Forum romain.*

A droite un homme assis et deux femmes prenant de l'eau à une fontaine; vers le fond, au centre, d'autres personnages et des animaux.

Toile. Haut., 65 cent.; larg., 98 cent.

Cadre en bois sculpté et doré.

(*Vente Virot.*)

TOCQUÉ (Louis)

30 — *Portrait présumé d'Alexis Piron.*

Vu à mi-jambes, assis dans un fauteuil, la tête de trois quarts, regardant vers la gauche; perruque poudrée, habit en velours jaune foncé à reflet orange, gilet à riches broderies d'or; le bras droit appuyé sur un bureau contourné, à ornements de bronze doré, un encrier et des livres posés dessus. Fond à colonne et grand rideau vert.

Superbe portrait de la plus belle facture du maître.

Toile signée et datée, en bas à gauche.

Haut., 1 m. 37 cent.; larg., 1 m. 02 cent.

Cadre en bois sculpté doré.

(*Vente Virot. Mai 1884.*)

VANLOO (D'après)

31 — *Portrait du Roi Louis Quinze.*

Représenté debout, vu jusqu'aux genoux, vêtu de la cuirasse avec le Cordon du Saint-Esprit, sa main droite s'appuie sur le bâton de commandement posé sur une table recouverte du manteau bleu fleurdelisé et doublé d'hermine.

Toile. Haut., 1 m. 52 cent.; larg., 1 m. 16 cent.

Cadre en bois sculpté et doré.

WERTMULLER (A.)

32 — *Portrait de Jeune Fille.*

En buste, les épaules nues, les cheveux blonds relevés et attachés par un ruban bleu.

Toile signée et datée : *A. Wertmuller, à Paris 1786.*

Haut., 41 cent.; long., 32 cent. 1/2.

Cadre ancien en bois sculpté redoré.

(*Vente Virot.*)

FAIENCES ET PORCELAINES
ANCIENNES

33 — Paire de sucriers à poudre avec leur couvercle, forme ovale à contours, décor de fleurs en couleurs. Ancienne faïence de Strasbourg.

Long., 15 cent.

34 — Paire de petites jardinières, à anses torsades, en ancienne faïence de Nevers, décor bleu.

Haut., 14 cent.

35 — Grosse jardinière cylindrique, à deux anses et mascarons, en ancienne faïence de Nevers, à décor de feuillages et bordure en bleu.

Haut., 42 cent.

36 — Paire de petites jardinières oblongues en ancienne faïence de Niederviller, à deux anses faites de têtes de béliers supportant des cornes d'abondance, retenues par des festons de laurier, décor polychrome à guirlandes d'œillets, canaux et petits médaillons.

Haut., 16 cent.; larg., 22 cent.

(Vente Virot. Mai 1884.)

37 — Paire de cache-pot-jardinière en porcelaine de Sèvres, émaillée bleu de roi uni. Monture en bronze ciselé et doré : collerette, anses à anneaux, mascarons à mufles de lion, et branches de laurier. Base moulurée à perles. Style Louis XVI.

Haut., 18 cent.

(Vente Virot.)

38 — Tasse et soucoupe Empire en porcelaine décorée de *Nast, à Paris* : rinceaux et fleurs sur fond de couleur.

39 — Deux tasses cylindriques avec couvercles et présentoirs en porcelaine de Vienne, décor à personnages sur fond de couleur et dorure.

40 — Quatre compotiers en ancienne porcelaine du Japon, décor en bleu, rouge et or.

Haut., 21 cent.

41 — Paire de cornets et paire de potiches couvertes en porcelaine de Chine, décor polychrome.

Haut., 41 cent. et 33 cent.

42 — Trois petites vasques en porcelaine de Chine, décor en bleu : fleurs et feuillages.

Diam. intérieur, 29 cent.

43 — Trois potiches couvertes, forme balustre, en porcelaine de Chine, décor bleu.

Haut., 45 cent.

44 — Vasque à rebord plat en porcelaine de Chine, décor bleu. Le pied en bois de fer.

Diam. intérieur, 43 cent.

45 — Paire de grands vases en porcelaine de Chine, à deux anses formées de papillons et décorés d'un groupe de trois personnages auprès d'un arbuste.

Haut., 57 cent. 1/2.

46 — Vase en ancienne porcelaine de Chine, décor bleu, oiseaux, caractères, flammes, lambrequins et grecques. Moulure, collerette et vase en bronze doré à godrons.

Haut., 48 cent.

47 — Grande verseuse et un couvercle en ancienne porcelaine de Chine, décor bleu. (Anse et déversoir coupés.)

Haut., 28 cent.

48 — Paire de potiches avec couvercle en ancienne porcelaine de Chine, époque Khang-hi, à décor bleu : médaillons d'arbustes, rochers, fleurs et oiseaux, séparés par un quadrillé à entrelacs; larges lambrequins haut et bas. Monture, collerette et base à godrons en bronze doré.

(Vente Virot. Mai 1884.)

49 — Paire de vases-cornets en ancienne porcelaine de Chine, époque Kang-hi, à décor bleu : médaillons d'arbustes, rochers, fleurs et oiseaux, séparés par un quadrillé à entrelacs, larges lambrequins haut et bas. Monture à collerette et base à godrons en bronze doré.

Diam., 40 cent.

(Vente Virot.)

50 — Paire de vases ovoïdes en ancienne porcelaine de Chine, époque Kang-hi, décor bleu à rosaces et bordures. Monture en bronze doré. Style Louis XIV.

Haut., 21 cent 1/2.

(Vente Virot.)

51 — Paire de vases ovoïdes couverts en ancienne porcelaine de Chine, époque Kang-hi, décor bleu à quatre médaillons, chargés d'ustensiles variés, pagode et personnages, séparés par des branches fleuries. Monture en bronze ciselé et doré. Style Régence.

Haut., 40 cent.

(Vente Virot.)

52 — Paire de cache-pot-jardinière, de forme cylindrique, en ancienne porcelaine de Chine, décor varié en dorure, sur fond bleu fouetté. Époque Kang-hi. Monture en bronze ciselé doré, à moulures et perles.

Haut., 18 cent.; diam., 20 cent.

(Vente Virot.)

BIJOUX

53 — Deux broches or, forme croissant, pavées de petits brillants.

54 — Épingle or, forme fleur, pavée de petits brillants, avec gros brillant au centre.

ORFÈVRERIE ANCIENNE
ET MODERNE

MÉTAL ARGENTÉ

55 — Deux cuillers à compote en vermeil. Vieux Paris. Époque Louis XV.

56 — Dix-huit grands couverts, modèle à filets et feuillages. Argent. Époque Louis XV.

57 — Douze grands couverts, modèle à filets et coquilles. Argent. Époque Louis XV. (Deux cuillers ont été réappareillées.)

58 — Huit couteaux à lames d'argent et manches en nacre. Époque Louis XVI.

59 — Six couteaux à lames d'argent et manches en bois à filets ; bouterolles, viroles coquilles en argent. Les lames portent la marque : *Delignez. Cout. du Roy à Langres.* Époque Louis XVI.

60 — Seize couteaux à dessert. Manches argent, lames argentées.

61 — Vingt-quatre couteaux à fruits, manches et lames argent.

62 — Service à hors-d'œuvre : quatre pièces en argent, manche en bois. Deux fourchettes à deux dents, manches ancienne porcelaine de Saxe. Cuiller à sucre en argent du XVIIIe siècle, décor d'armoiries. Deux fourchettes manches d'argent.

63 — Douze couverts à entremets en vermeil. Modèle uni.

64 — Onze cuillers et neuf fourchettes en vermeil. Même modèle.

65 — Douze cuillers à café vermeil. Même modèle.

66 — Six grands couverts en argent à filets. Style Louis XV.

67 — Dix cuillers à café en argent.

68 — Douze cuillers à café, décor à rocailles et filet, en vermeil. Dans un écrin en maroquin rouge et dorure.

69 — Une louche, une pelle à olives, une pelle à tarte en argent.

70 — Douze fourchettes à huitres en argent, manches en bois noir.

71 — Petite cuiller, forme feuillage, en argent doré.

72 — Petit plateau ovale à bord contourné, à filets et rocailles, en argent repoussé, orné, au centre, d'un cartouche à rocailles et feuillages. XVIIIe siècle.

Long., 33 cent.

73 — Grand plat rond à bord contourné, à filets. Époque Louis XV.

Diam., 36 cent.

74 — Grand plat long, bordure à filets à contour, en argent. Époque Louis XV.

Long., 48 cent.

75 — Plat ovale, bordure à filets à contour. Vieil argent.

Long., 40 cent.

76 — Plat long, à bordure à filets à contour, en argent Vieux Paris. Époque Louis XV.

Long., 34 cent. 1/2.

77 — Petit plat ovale, bordure à coutour et filets, en argent Vieux Paris. Époque Louis XV.

Long., 27 cent.

78 — Plat creux ; bordure à contour à filets, argent Vieux Paris. Époque Louis XV.

Diam., 27 cent. 1/2.

79 — Plat rond, bordure contournée à filets, en argent Vieux Paris. Époque Louis XV.

Diam., 20 cent. 1/2.

80 — Plat semblable au précédent, en argent.

Diam., 28 cent. 1/2.

81 — Deux plats ronds, à bords contournés à filets, en argent.

Diam., 28 cent. 1/2.

82 — Petit plat creux rond, bordure à filets, en argent. Commencement du XIXe siècle.

Diam., 24 cent.

83 — Saucière ovale, à bord festonné et deux anses, en argent. XVIIIe siècle.

Long., 21 cent.

84 — Sucrier couvert à deux anses et quatre pieds-volutes, à décor de godrons en spires, cartouches, rocailles ; le bouton fait de fleurs. Argent. Époque Louis XV.

Haut., 13 cent.

85 — Deux paires de salières de forme lobée, dont une paire à couvercle coquille, décor à volutes et chiffre gravé. Argent. Époque Louis XV.

Long., 8 cent.

86 — Verseuse à panse renflée, à côtes en spirale, décorée au repoussé ; cartouche à feuillages avec armoirie gravée. Anse en bois. Argent. Époque Louis XV.

Haut., 18 cent.

87 — Petite verseuse, décor à côtes en spirale, base à entrelacs ; couvercle à rocailles. Argent. Manche en bois. Époque Louis XV.

Haut., 14 cent.

88 — Paire de légumiers à deux anses avec couvercle, décor de godrons et postes. Le couvercle surmonté d'un fruit avec feuillages. Argent.

Diam., 20 cent. 1/2.

89 — Légumier analogue au précédent, en argent.

Diam., 20 cent. 1/2

90 — Grande écuelle à deux oreilles rocailles, en argent. Style Louis XV. *Maison Falkenberg.*

Diam., 32 cent.

91 — Légumier à deux anses et couvercle, bordure à filets à contour. La poignée du couvercle à feuillages, en argent. Style Louis XV.

Diam., 22 cent. 1/2.

92 — Paire de carafons à vin en cristal, monture argent. Style Louis XV.

93 — Bouillotte, pot à lait, gobelet gravé, en argent.

94 — Seau à rafraîchir, à deux anses, collerette et base à godrons, décor d'armoirie gravée, en cuivre argenté. Époque Louis XIV.

Diam., 23 cent.

95 — Paire de petits flambeaux en métal argenté, décor de petits godrons. Style Louis XIV.

Haut., 22 cent.

96 — Quatre pieds de coupe en bronze ciselé doré, à motifs de consoles, réunies à la base. Style Louis XIV. Plus deux coupes en cristal de Baccarat.

Haut., 8 cent.

97 — Paire de flambeaux en bronze argenté uni, à pans coupés. Époque Louis XIV.

Haut., 22 cent. 1/2.

98 — Paire de flambeaux en bronze gravé et argenté, à tige et base polygonales. Époque Louis XV.

Haut., 24 cent.

99 — Autre paire analogue en bronze argenté uni. Époque Louis XV.

Haut., 23 cent.

100 — Paire de seaux à rafraîchir, de forme contournée, à godrons en spirale et munis de deux anses. Bordure à baguettes enrubanées. Bronze argenté. Époque Louis XV.

Haut., 22 cent. 1/2.

101 — Rafraîchissoir de forme ovale, à deux anses feuillagées, en métal argenté. Époque Louis XV.

Long., 35 cent. 1/2.

102 — Paire de flambeaux en bronze argenté, la tige à décor de consoles et guirlandes, base contournée à feuillages. Style commencement Louis XV.

Haut., 28 cent.

103 — Paire de flambeaux en bronze argenté, à décor de canaux et entrelacs. Époque Louis XVI.

Haut., 27 cent. 1/2.

On y a joint deux bouquets à trois lumières également en bronze argenté.

104 — Deux plateaux en métal argenté, de forme carrée, à angles arrondis; le plus grand muni de deux poignées.

Long., 70 cent. et 40 cent.

105 — Lot de métal : salières, dessous de carafe, plateaux, théière, réchaud, etc. (Sera divisé.)

OBJETS VARIÉS

106 — Miniature ronde: Buste de femme, en robe décolletée et chapeau à plumes.

Diam., 8 cent.

107 — Flacon, carafe, verre à pied et deux petits flacons, en verre gravé ou taillé.

108 — Petit flacon en porcelaine de Saxe. — Étiquette à vin de Muscat, en émail.

109 — Deux intailles gravées sur cristal: Le Laocoon et le Taureau Farnèse.

110 — Petit carnet de bal en ivoire, avec miniature. — Éventail japonais à monture d'ivoire.

111 — Boite, forme feuille, en laque d'or du Japon.

112 — Brosse à dessus de bois incrusté de métal et de nacre gravée.

113 — Verre à pied et vase-jardinière en verre de Venise, à reflets.

114 — Deux petits vases porte-fleurs en émail champlevé et bronze. *Maison Barbedienne.*

Haut., 13 cent.

115 — Cinq verrières de fenêtres et cinq verrières d'impostes; comprenant, disposés sous plomb, cinq vitraux rectangulaires suisses, à sujets de personnages et inscriptions, et quinze petits vitraux ronds, à décor d'armoiries.

Haut., des verrières : 1 m. 95 cent.; larg., 52 cent.

Haut., des imposes : 50 cent.; larg., 66 cent.

116 — Deux vitraux rectangulaires suisses, sujets à personnages et inscriptions.

Haut., 39 cent.; larg., 29 cent.

117 — Presse-papier, fait d'un fleuron à graines, en bronze ciselé et doré. Époque Louis XVI. Sur socle en marbre bleu turquin.

Long., 15 cent. 1/2.

118 — Papeterie, montée dans un écrin à couteaux en laque noire, décor de paysages chinois en dorure, orné de cuivres. XVIIIe siècle.

Haut., 35 cent. 1/2.

119 — Coffret-boîte à jetons, de forme rectangulaire, à couvercle bombé, en marqueterie d'étain sur écaille. Décor à rosaces et rinceaux.

Long., 31 cent ; larg., 24 cent.

120 — Écritoire en bois noir, ornée d'une statuette en bronze : l'Enfant à l'oie.

Haut., 22 cent.

121 — Écritoire, composée d'un plateau rectangulaire à pans coupés, en porcelaine de Saxe-Marcolini, supportant trois godets, décor de paysages maritimes à personnages et arabesques en dorure.

Long., 39 cent.

122 — Christ en bronze, du temps de Louis XIII, dans un cadre formant bénitier, en bois sculpté doré, à décor de rocailles feuillagées et fleurs. Époque Louis XV.

Haut., 59 cent.

123 — Médaillon en bronze, tête de profil à droite : Michel Ange. Bronze de Barbedienne.

Diam., 15 cent. 1/2.

124 — Socle de grosse potiche et un plus petit en bois de fer. Ancien travail chinois.

125 — Vase en marbre rouge, avec piédouche et socle ; ornementation de bronzes dorés, faite de deux anses feuillagées, culot et rangs de perles.

Haut., 38 cent.

126 — Paire de gaines carrées en marbre de couleur, avec tablettes saillantes et moulures à la base.

Haut., 1 m. 24 cent.

127 — Fût de colonne cylindrique en marbre de couleur, base moulurée et socle en marbre blanc.

Haut., 1 m. 05 cent.

128 — Colonne-support à chapiteau et base en marbre de couleur.

Haut., 1 m. 23 cent.

129 — Deux fûts de colonnes en marbre noir veiné de blanc. Base moulurée en bronze.

Haut., 1 m. 18 cent.

130 — Colonne-support en stuc.

BRONZES
D'ART ET D'AMEUBLEMENT
ANCIENS ET DE STYLE

131 — Chien épagneul assis en bronze patiné, sur socle en marbre noir.

Haut., 16 cent.

132 — Le cheval *Gladiateur* en bronze patiné, par *P. Lenordez.*

Haut., 33 cent.

133 — Statuette en bronze, d'après *Paul Dubois :* Mozart enfant.

Haut., 63 cent.

134 — Statuette en bronze patiné : Mercure, d'après *Jean de Bologne.*

Haut., 66 cent.

135 — Statuette en bronze patiné, d'après *Clodion :* l'Enfant au tambourin. Socle mouluré en bronze doré.

Haut., 37 cent.

136 — Paire de grands flambeaux en bronze ciselé doré, formés chacun d'une statuette d'homme ou femme, drapé, tenant une corne d'abondance porte-lumières. Modèle de Boulle.

Haut., 38 cent. 1/5.

137 — Paire de petits flambeaux en bronze ciselé et doré, à rocailles et feuillages. Style Louis XV.

Haut., 16 cent. 1/2.

138 — Paire de tout petits flambeaux en bronze ciselé et doré, décor à rocailles et branchages de laurier. Style Louis XV.

Haut., 9 cent. 1/2.

139 — Paire de flambeaux à deux lumières en bronze ciselé et doré, modèle à fût de colonne, enguirlandé de laurier, avec vase de couronnement. Style Louis XVI.

Haut., 28 cent.

140 — Paire de flambeaux-bouillottes à trois lumières, sur base corbeille ajourée, en bronze ciselé et doré, munis chacun d'un abat-jour mobile sur tige en fer. Style Louis XVI.

Haut., 61 cent.

141 — Paire de flambeaux de jeu à deux lumières en bronze ciselé et doré, modèle fût de colonne cannelé et base à canaux et feuillages, munis chacun d'un abat-jour mobile sur une tige. Style Louis XVI.

Haut., 47 cent.

142 — Paire de flambeaux en bronze doré. Époque Restauration.

Haut., 26 cent.

143 — Paire de girandoles à trois lumières en bronze ciselé et doré, à tige carrée, avec petites consoles rapportées. Base moulurée à mascarons et doucine à rinceaux. Les branches feuillagées disposées autour d'un vase fleuri. Style Louis XIV.

Haut., 44 cent.

144 — Paire de candélabres-girandoles à quatre lumières en bronze argenté. Fût à gaine, enguirlandé de chêne surmonté d'un vase-cassolette. Base à godrons, feuillages et rais de cœur. Style Louis XVI.

Haut., 48 cent.

145 — Paire de candélabres, composés chacun d'une figure d'enfant assis ou agenouillé, en bronze patiné, tenant trois branches à rinceaux porte-lumières, et reposant sur une base carrée à gorge ornée, en bronze ciselé et doré. Style Louis XVI.

Haut., 46 cent.

146 — Paire de bras-supports en bronze ciselé doré, faits chacun d'une branche de lustre portant un plateau. Style Louis XIV.

Diam. du plateau, 12 cent. 1/2.

147 — Paire de bras-appliques à trois lumières en bronze ciselé et doré, modèle à gaîne à corps d'enfant ailé, tenant un bouquet de trois rinceaux porte-lumières. Style Régence.

Haut., 70 cent.

148 — Paire de bras-appliques à trois lumières en bronze ciselé et doré, modèle à tige cannelée enguirlandée de chêne, branches feuillagées et vase de couronnement. Style Louis XVI. *Maison Hazart.*

Haut., 58 cent.

149 — Trois paires de bras-appliques à trois lumières en bronze ciselé et doré, à console enguirlandée de laurier et surmontées d'un vase cassolette. Style Delafosse. *Maison Hazart.*

Haut., 55 cent.

150 — Paire de bras-appliques à deux lumières en bronze doré. Style Louis XVI.

Haut., 39 cent.

151 à 153 — Trois paires d'appliques à six lumières en bronze, avec cristaux. Style XVIIIe siècle.

Haut., 90 cent.

154 — Deux paires d'appliques à six lumières en bronze ciselé et doré. Binets et bobèches à godrons. Garnies de cristaux. Style XVIIIe siècle.

Haut., 90 cent.

155 — Paire de petits bras-appliques à une lumière, modèle à rocailles feuillagées, en bronze ciselé et doré.

Haut., 27 cent.

156 — Lustre à six lumières en bronze ciselé et doré, modèle de Boulle, style Louis XIV, *Maison Gargault.*

Haut., 70 cent.

157 — Grand lustre à quinze lumières, tout en bronze ciselé doré. Modèle dans le style de Boulle.

Haut., 1 mètre.

158 — Lustre à six lumières en bronze ciselé et doré. Modèle de Boulle. *Maison Hazart.*

Haut., 70 cent.

159 — Lanterne d'antichambre, de forme pentagonale, en cuivre et garni de cristaux. Époque Louis XV.

Haut., 75 cent.

160 — Grand lustre à seize lumières en bronze, orné de cristaux. Style XVIIIe siècle.

Haut., 1 m. 30 cent. environ.

161 — Lustre hollandais en cuivre, à six lumières.

162 — Lustre en bronze doré à vingt lumières. Modèle de Boulle. Style Louis XIV.

Haut., 1 mètre.

163 — Lampe à pétrole sur colonne d'ordre corinthien, et base carrée, en cuivre doré.

Haut., 80 cent.

164 — Paire de chenets en fer, surmontés d'un vase en cuivre mouluré et poli. XVIIe siècle.

Haut., 46 cent.

165 — Paire de chenets en bronze ciselé et doré, modèle sphinx à buste de femme, sur socle ornementé, à fond quadrillé. Époque Régence.

Haut., 30 cent.

166 — Paire de petits chenets en bronze ciselé et doré. Figure d'enfants nus sur des boucs. Socle à mascarons, feuillage et pieds-consoles. Époque Régence.

Haut., 27 cent.; larg., 16 cent.

167 — Deux paires de pelles et pincettes en fer, avec poignées en bronze ciselé et doré, à canaux en spirale et feuillage. Époque Louis XV.

168 — Deux paires de pelles et pincettes en fer, avec poignées en bronze ciselé et doré. Style Louis XVI.

169 — Paire de petits chenets en bronze ciselé et doré, modèle à vase, sur socle cannelé, à mascarons têtes de lions. Époque Louis XVI.

Haut., 32 cent.

170 — Paire de chenets en bronze ciselé et doré, modèle à vases enguirlandés, sur socles cannelés, moulurés, ornés de lauriers. Époque Louis XVI.

Haut., 36 cent.

171 — Pendule, forme dite religieuse, à colonnettes détachées, en marqueterie de cuivre, étain, écaille et nacre. Couronnement à balustrade et vase. Époque Louis XIV. Mouvement et cadran de *Marguerite, à Paris*. Socle en bois, orné de bronzes.

Haut., 61 cent.

172 — Pendule, forme droite et cintrée du haut, en écaille, ornée de bronzes dorés.

Haut., 77 cent.; larg., 47 cent.

173 — Pendule, de forme contournée, en écaille et filets de cuivre, richement ornementée de bronzes ciselés et dorés : Génie ailé aux angles, mascarons, base console, lyre et statuette de Renommée formant couronnement. Socle rectangulaire, orné de bronzes. Style Régence.

Haut., 95 cent.

174 — Petit cartel en bronze ciselé et doré, à décor de rocailles, feuillages et fleurs. Cadran marqué *Julien Leroy, à Paris*. Époque Louis XV.

Haut., 48 cent.

175 — Pendule-cage en bronze, à moulures ornementées, sur socle orné d'une frise. Le cadran marqué *Marquis, à Paris*. Style Louis XVI.

Haut., 41 cent.

176 — Pendule Empire en bronze doré, décor de figure allégorique et bas-reliefs.

Haut., 43 cent.

BOIS SCULPTÉS

GLACES, TRUMEAUX, CADRES

FRONTONS, ORNEMENTS

177 — Trois cadres en bois sculpté doré. Styles Louis XIV et Louis XVI.

178 — Petit cadre en bois sculpté doré. Époque Louis XIV.

Long., 29 cent.; larg., 20 cent.

179 — Fronton de glace en bois sculpté doré, à décor de consoles feuillagées, vase de fleurs, palmettes. Époque Louis XIV.

Haut., 45 cent.

180 — Fronton de glace en bois sculpté doré, décoré en bas-relief de rinceaux, trophées d'instruments de musique, vases de fleurs et cartel avec rosace. Époque Régence.

Haut., 43 cent.

181 — Console-support d'applique en bois sculpté doré, à décor de volutes, mascarons et attributs du Temps. Époque Régence.

Haut., 54 cent.; larg., 47 cent.

182 — Cartouche en bois sculpté doré, à volutes et feuillages. XVIIIe siècle.

Haut., 40 cent.

183 — Cadre rectangulaire en bois sculpté redoré, à décor de canaux et tore de laurier. Époque Louis XVI.

Haut., 67 cent.; larg., 45 cent.

184 — Deux grandes colonnes d'ordre ionique en chêne sculpté et ciré. Chapiteau à volutes, oves et guirlandes.

Haut., 2 m. 60 cent.

185 — Baromètre-thermomètre en bois sculpté doré, formé de deux cartouches ornementés : feuillages, branches de laurier, nœud de ruban. La partie supérieure avec cartouche aux trois fleurs de lys. Commencement de l'époque Louis XVI.

Haut., 1 m. 05 cent.

186 — Baromètre-thermomètre dans un cadre en hauteur de forme contournée en bois sculpté doré, à décor de rocailles feuillagées. Style Louis XV.

Haut., 1 m. 18 cent.; larg., 26 cent.

187 — Glace dans un encadrement en écaille. XVIIe siècle.

Haut., 1 m. 05 cent.

188 — Glace biseautée dans un cadre à moulure bombée, en écaille, orné d'appliques en cuivre repoussé, à rinceaux de feuillages. XVIIe siècle.

Haut. intérieure, 37 cent. 1/2 ; larg., 49 cent.

189 — Glace rectangulaire, cintrée du haut, dans un encadrement mouluré, sculpté et doré, à décor d'arabesques et petits feuillages. A la partie supérieure, palmette. Époque Louis XIV.

Haut., 2 m. 25 cent.; larg., 1 m. 5 cent.

190 — Glace-miroir rectangulaire, à fronton, dans un double encadrement de baguettes moulurées et sculptées, avec écoinçons et rinceaux feuillagés. Fronton à consoles, feuillages et coquilles. Bois doré. Époque Louis XIV.

Haut., 1 m. 60 cent.; larg., 94 cent.

191 — Glace rectangulaire, dans un cadre à fronton en bois sculpté et doré, décor d'arabesques, fleurs, avec agrafes aux angles et dans les milieux. Le fronton orné d'un trophée de carquois et flambeaux, rinceaux, feuillages, oiseaux. Époque Louis XIV.

Haut., 1 m. 60 cent.; larg., 1 mètre.

192 — Petit miroir dans un cadre rectangulaire en bois très finement sculpté ciré, à décor de feuillages et arabesques. Époque Louis XIV.

Haut., 21 cent.; larg., 17 cent.

193 — Miroir ovale dans un cadre en bois mouluré sculpté doré, décor d'arabesques et feuillages. Style Louis XIV.

Grand diam., 70 cent.

194 — Miroir de forme contournée dans un cadre en bois sculpté et redoré, à décor de baguettes enguirlandées de feuillages et de rocailles fleuries. Époque Régence. Il est appliqué sur un fond de chêne mouluré et ciré.

Haut., 1 m. 20 cent.; larg., 1 mètre.

195 — Glace rectangulaire dans un cadre mouluré en bois sculpté, à décor de feuillages et de rinceaux, agrafe à la partie supérieure, faite d'un fruit feuillagé. Époque Régence.

Haut., 1 m. 55 cent.; larg., 1 m. 15 cent.

196 — Glace de forme contournée en bois sculpté doré, à décor de baguettes feuillagées et fleuries, cartouche, rocailles avec trophées d'attributs. Époque Louis XV.

Haut., 1 m. 90 cent. environ; larg., 98 cent. environ.

197 — Glace en bois sculpté doré, de forme contournée, cintrée à la partie supérieure, à double encadrement, de baguettes ornées, feuillages, fleurs et rocailles. Style Louis XV.

Haut., 1 m. 70 cent.; larg., 1 m. 05 cent. environ.

198 — Glace rectangulaire dans un cadre en bois sculpté doré, ornementé de feuillages. Style Louis XV.

Haut., 45 cent.; larg., 37 cent.

199 — Glace de cheminée dans un cadre en bois mouluré, sculpté et doré, à décor de rais de cœur et feuilles d'eau. Époque Louis XVI. Elle est appliquée sur un fond de chêne, décoré à la partie supérieure d'une frise de postes.

Haut., 2 m. 05 cent.; larg., 1 m. 05 cent. environ.

200 — Miroir de forme contournée, dans un encadrement de bois sculpté doré, à décor de cariatides, mascarons et rinceaux. XVIIIe siècle.

Haut., 1 m. 20 cent.; larg., 80 cent.

201 — Glace-trumeau en bois sculpté peint; moulure à feuillage, perle et rais de cœur; couronnement à caducée et frise de rinceaux. Époque Louis XVI.

Haut., 2 m. 05 cent.; larg., 1 m. 27 cent.

202 — Miroir de forme contournée, la partie supérieure cintrée, dans un cadre en bois sculpté doré, à décor de rocailles feuillagées. XVIIIe siècle.

Haut., 1 m. 50 cent.; larg., 80 cent.

203 — Glace biseautée dans un cadre en baguettes dorées avec coins faits de rosaces.

Haut., 1 m. 20 cent.; larg., 85 cent.

SCULPTURES

TERRES CUITES, MARBRE

204 — Buste en terre cuite: Portrait présumé de *Malesherbes*, attribué à *Pajou*. Il est vêtu d'un habit, les épaules recouvertes d'un manteau drapé. La poitrine barrée d'un ruban d'ordre. Il porte une perruque. Piédouche mouluré. XVIIIe siècle.

Haut., 64 cent.

205 — Médaillon en terre cuite, par *J.-B. Nini*, portrait de *Charles Juste, prince de Beauvau, 1770*. Profil à gauche. (*Storelli, XXXVII.*)

Diam., 11 cent. 1/2.

206 — Buste de Bonaparte, Premier Consul, en marbre blanc, sur piédouche.

Haut., 45 cent.

207 — Statuette en terre cuite, par *Boisseau* : l'Amour enchaîné.

Haut., 57 cent.

MEUBLES ANCIENS ET DE STYLE

208 — Table rectangulaire en bois sculpté, à quatre pieds tournés reliés par une entrejambe. Époque Louis XIII.

Long., 1 m. 05 cent.

209 — Petite table Louis XIII, à tiroir, sur pieds et traverses en bois tourné.

Long., 80 cent.; larg., 50 cent.

210 — Écran de cheminée en bois sculpté doré, de style Louis XIV. Il est muni d'une feuille en *ancienne tapisserie* au point et petit point, sujet pastoral à personnages, dans une bordure de fleurs sur fond jaune. Époque Régence.

Haut. de la feuille, 75 cent.; larg., 59 cent.

211 — Très petite table de forme contournée, à pieds cambrés, en bois satiné, avec tiroir latéral. Dessus de marbre brocatelle, ceinture de cuivre. Estampille de *N. Petit*, maître ébéniste. Époque Louis XV.

Haut., 66 cent.; larg., 32 cent. 1/2.

212 — Commode à deux tiroirs, sur pieds élevés et cambrés, de forme cintrée, de face; en marqueterie de bois de rose à filets. Garniture de bronzes dorés : chutes, anneaux de tirage, entrées de serrure, sabots. Elle porte l'estampille de *Montigny*. Dessus de marbre brèche d'Alep. Fin de l'Époque Louis XV.

Long., 90 cent.; haut., 88 cent.; profond., 48 cent.

213 — Console de salle à manger de forme contournée, sur pieds élevés, en marqueterie de bois de rose et bois de violette à quadrillés. Elle est munie d'une tablette et d'un dessus mouluré en marbre brèche d'Alep. Époque Louis XV. (Parties restaurées.)

Haut., 87 cent ; larg., 1 m. 19; profond., 39 cent.

214 — Commode à trois rangées de tiroirs, sur pieds cambrés, en acajou mouluré, partie centrale à ressaut. Garniture de bronzes ciselés et dorés : entrées de serrures, anneaux de tirages, rosaces, sabots à griffes, et cul-de-lampe. Dessus de marbre brèche d'Alep. Fin de l'époque Louis XV.

Haut., 88 cent. 1/2 ; larg., 1 m. 25 cent.

215 — Commode à deux tiroirs, sur pieds élevés, en acajou, ornée de bronzes, avec dessus de marbre. Époque fin Louis XV.

Long., 1 m. 20 cent.

216 — Commode de forme contournée, à trois rangs de tiroirs, en marqueterie de bois de couleur à filets; la partie centrale à ressauts. Garniture de bronzes ciselés et dorés : chutes, entrées de serrure, anneaux de tirage, cul-de-lampe. Dessus de marbre brèche d'Alep. Fin de l'époque Louis XV.

Haut., 89 cent.; larg., 1 m. 11 cent.

217 — Console en bois sculpté doré, de forme mouvementée; à décor de feuillages, rinceaux,

cartouches, palmettes et fleurs. Dessus de marbre brèche violette. Époque Louis XV.

Haut., 84 cent.; larg., 1 m. 30 cent.

218 — Console en bois sculpté doré, de forme et décor analogues à la précédente. Dessus de marbre rouge veiné de blanc. Style Louis XV.

Haut., 86 cent.; larg., 1 m. 09 cent.

219 — Petit meuble d'entre-deux Louis XV, de forme contournée, ouvrant à deux portes vitrées, en marqueterie de bois de violette; sur les côtés, branches fleuries en marqueterie de bois debout. Garni de bronzes rapportés, ciselés et dorés. Dessus de marbre brèche d'Alep.

Haut., 82 cent. 1/2; larg., 1 m. 04 cent.; prof., 43 cent.

220 — Table de chevet de forme contournée, sur quatre pieds élevés, ouvrant à deux portes, en marqueterie de bois de rose. Dessus de marbre. Époque Louis XV.

Haut., 87 cent.; larg., 55 cent.

221 — Régulateur de forme contournée en bois de rose, amarante et filets. Il est orné de bronzes ciselés dorés; moulures d'encadrements, nœud de ruban, soleil, grosse guirlande de laurier, et surmonté d'un vase-cassolette. Au-dessus du cadran, marqué *Lepaute, horloger du Roy*, se trouve un autre cadran, métallique, sur lequel se lisent les quantièmes et les mois. Il porte l'es-

tampille du maître ébéniste *N. Petit*. Commencement de l'époque Louis XVI.

Haut., 2 m. 30 cent.

(A figuré à l'Exposition rétrospective du Pavillon de la Ville de Paris en 1900.)

222 — Commode de forme droite, à trois rangs de tiroirs, reposant sur quatre pieds fuselés et cannelés, en acajou et ébène. Elle est richement ornée de bronzes ciselés et dorés : frises d'entrelacs et feuillages sur le tiroir supérieur : astragales à mille raies, moulures ornées, encadrements, entrées de serrures, anneaux de tirages et rosaces aux angles. Elle porte l'estampille de *Pafrat*, maître ébéniste. Dessus de marbre bleu turquin mouluré. Époque Louis XVI.

Pafrat travaillait en collaboration avec Carlin, dont on retrouve un modèle de bronze sur cette commode.

Haut., 90 cent.; larg., 1 m. 30 cent.; profond., 63 cent.

(Vente Virot. Mai 1884.)

223 — Commode à trois rangs de tiroirs en acajou, avec baguettes de cuivre. Dessus de marbre gris ceinturé de cuivre. Époque Louis XVI.

Long., 1 m. 25 cent.

224 — Commode à trois tiroirs en acajou, ornée de poignées de cuivre ; dessus de marbre bleu turquin. Époque Louis XVI.

Long., 1 m. 22 cent.

225 — Commode à trois rangs de tiroirs en acajou, et baguettes de cuivre. Dessus de marbre. Époque Louis XVI.

Long., 1 m. 10 cent.

226 — Chiffonnier à sept tiroirs en acajou et filets de cuivre incrustés. Dessus de marbre, ceinturé de cuivre. Époque Louis XVI.

Haut., 1 m. 65 cent.; larg., 87 cent.

227 — Vitrine ouvrant à deux portes en marqueterie de bois de rose et bois de violette, avec filets. Garniture de quelques bronzes ciselés et dorés. Dessus de marbre brèche d'Alep. Époque Louis XVI.

Haut., 1 m. 64 cent.; larg. 1 mètre.

228 — Desserte à coins arrondis en acajou mouluré, colonnettes et pieds cannelés. Tablette d'entrejambe ceinturée d'une galerie en cuivre. Dessus de marbre bleu turquin. Époque Louis XVI.

Haut., 86 cent ; larg., 1 m., 14 cent.

229 — Bureau plat en acajou, à pieds cannelés et baguettes de cuivre, ouvrant à deux tiroirs. Époque Louis XVI.

Long., 1 m. 12 cent.; larg., 55 cent.

230 — Console de forme mouvementée, à quatre pieds fuselés, cannelés, en bois sculpté peint blanc, ornementée de feuillages. La ceinture ajourée est décorée d'une frise de grosses feuilles d'acanthe et d'une moulure à oves. Dessus de marbre bleu turquin. Époque Louis XVI.

Long., 1 m. 315 millim.; haut, 85 cent. 1/2.

(*Vente Virot. Mai 1884.*)

231 — Console à coins arrondis, avec pieds-colonnettes cannelées et entrejambe, ouvrant à tiroirs, en acajou. Dessus de marbre blanc. Époque Louis XVI.

Long., 1 m. 13 cent.

232 — Petite console demi-lune en bois sculpté et doré, à pieds-gaines, cannelés, avec chapiteaux de feuillages. Ceinture ajourée à rinceaux de fleurs. Dessus de marbre blanc. Époque Louis XVI.

Haut., 92 cent.; larg., 72 cent.

233 — Lit de milieu en bois sculpté peint, décor de pilastres cannelés, rosaces, pommes de pin, moulures à ruban et rais de cœur. Époque Louis XVI.

Larg., 1 m. 30 cent.

234 — Ciel de lit en bois doré et rideaux en ancien damas rouge avec franges.

235 — Petit écran en bois sculpté peint blanc, à colonnettes détachées. Époque Louis XVI. Feuille en soie rayée.

Haut., 96 cent; larg., 58 cent.

236 — Buffet à deux corps, séparés par une tablette de marbre, en bois sculpté ciré. Le corps inférieur ouvrant à deux portes cintrées encadrées de moulures. La partie supérieure à deux portes vitrées, avec corniche moulurée et cintrée, enrichie d'un motif sculpté : feuillages et ailes. En partie de l'époque Régence.

Haut., 2 m. 70 cent.; larg., 1 m. 48 cent.

237 — Paire de torchères en bois sculpté doré. La tige triangulaire décorée de mascarons et coquilles sur fond quadrillé. Pieds consoles feuillagées et plateau circulaire à godrons. Style Louis XIV.

Haut., 1 m. 55 cent.

238 — Bibliothèque à deux corps en chêne sculpté, à décor de trophées, attributs des arts, palmettes, rinceaux et frise de feuillages. Style Régence.

Haut., 2 m. 23 cent.; larg., 1 m. 95 cent.

239 — Table de nuit ovale, ouvrant à porte à coulisse, avec tablette d'entrejambe, en acajou. Dessus de marbre bleu turquin, à galerie de cuivre ajouré.

Haut., 75 cent.; larg., 49 cent.

240 — Écran en bois sculpté, de forme contournée, garni d'une feuille de tapisserie au point et broderie.

241 — Piano droit en palissandre clair mouluré de cuivre. *Maison Pleyel*. N° 48.346.

242 — Table rectangulaire en acajou mouluré, avec tirette formant bureau, et munie d'un tiroir latéral, à quatre pieds gaines ornés de moulures en cuivre. Style de Riesener. *Maison Durand*.

Long., 74 cent.; larg., 49 cent.

243 — Table analogue à la précédente. *Maison Durand*.

244 — Petite table à étagères en acajou, avec galeries ajourées en cuivre. Style Louis XVI. *Maison Durand.*

Haut., 83 cent.; larg., 41 cent.

245 — Armoire à deux portes pleines, avec colonnes d'angle cannelées, en acajou mouluré. Riche garniture de bronzes ciselés et dorés : frise de postes et rosaces à la corniche; baguettes à perles formant encadrement. Style Louis XVI. *Maison Durand.*

Haut., 1 m. 82 cent.; larg., 1 m. 25 cent.

246 — Table-bureau plat à coins arrondis, reposant sur quatre pieds fuselés et cannelés, en acajou, avec filets de bois jaune. Riche garniture de bronzes ciselés dorés: frises de feuillages et, au centre de chaque face, bas-reliefs à sujets d'enfants. Modèle de *Riesener*. Dessus de maroquin. Style Louis XVI. *Maison Durand.*

Long., 1 m. 40 cent.; larg., 75 cent.

247 — Petite table rectangulaire, à quatre pieds carrés en gaines, en acajou mouluré. Dessus de marbre brocatelle, ceinturé d'une galerie ajourée en cuivre. Style Louis XVI. *Maison Durand.* La face principale, dans un panneau saillant, est décorée d'un bas-relief à sujets d'enfants, en bronze finement ciselé et doré, de l'époque Louis XVI.

Haut., 74 cent.; larg., 62 cent.

248 — Petite table rectangulaire à pieds carrés en gaine, et tablette d'entrejambe, en acajou mouluré, richement ornée de bronzes ciselés et dorés; moulures ornées, baguettes enrubanées. Dessus de porphyre encastré. Style Louis XVI. *Maison Durand*. (La frise de rinceaux de feuillages est de l'époque Louis XVI.)

Haut., 75 cent.; larg., 62 cent.

249 — Paire de consoles-étagères de salle à manger en bois satiné et bois de rose. Dessus de marbre brèche d'Alep. Style Louis XV. *Maison Durand.*

Long., 1 mètre; haut., 91 cent.; profond., 40 cent.

250 — Table à jouer de forme contournée, sur pieds cambrés, en marqueterie de bois satiné et bois de violette, à médaillon de gerbe de fleurs en bois debout, sur fond quadrillé. Garniture de bronzes finement ciselés et dorés. Style Louis XV. *Maison Durand.*

Haut., 74 cent.; larg., 82 cent.

251 — Bureau plat de forme contournée, à quatre pieds cambrés en marqueterie de bois debout, à rinceaux et fleurs. Garniture de bronzes finement ciselés et dorés. Dessus de maroquin. Style Louis XV. *Maison Durand.*

Long., 1 m. 38 cent.; larg., 68 cent.

252 — Armoire en palissandre, à deux portes pleines faites de deux panneaux, en ancien laque de

Coromandel, à décor d'habitations et personnages. Garniture de bronzes finement ciselés et dorés : moulures, charnières et cannelures en cuivre. Style Régence. *Maison Durand.*

Haut., 1 m. 80 cent.; larg., 1 m. 30 cent.

253 — Meuble-bibliothèque en marqueterie de bois de violette, ouvrant à trois portes cintrées et grillagées; la partie centrale en saillie; le couronnement en retraite. Riche garniture de bronzes ciselés et dorés. Style Régence. *Maison Durand.*

Haut., 1 m. 72 cent.; long., 1 m. 95 cent.; profond., 49 cent.

254 — Petit meuble d'entre deux à étagères, avec côtés ajourés, en marqueterie de bois de placage. Garniture de bronzes dorés; dessus de marbre brèche d'Alep. Style Régence. *Maison Durand.*

Haut., 1 m. 30 cent.; larg., 65 cent.

255 — Table-bureau plat, de forme rectangulaire, à pieds cambrés, ouvrant à trois tiroirs à la ceinture, en bois de placage. Enrichie de baguettes d'encadrement, chutes, mascarons, sabots feuillagés, poignées de tirage en bronze ciselé doré. Dessus de maroquin. Style Régence. *Maison Durand.*

Long., 1 m. 48 cent.; larg., 82 cent.

SIÈGES ANCIENS ET DE STYLE

SIÈGES RECOUVERTS

EN TAPISSERIE ANCIENNE

256 — Fauteuil canné en bois sculpté doré, à haut dossier orné de petits feuillages, Époque Louis XIV. Garni d'un petit coussin en damas rouge.

Larg., 64 cent.

257 — Grand fauteuil en bois sculpté doré, à décor de palmettes, feuillages et coquille. Époque Louis XIV. Garniture d'anciens velours vert uni.

Larg., 72 cent.

258 — Deux fauteuils semblables, cannés, en bois sculpté doré, à décor de coquilles, feuillages, palmettes et pieds de biche. Epoque Louis XIV.

Larg., 62 cent.

259 — Fauteuil, de forme contournée, en bois sculpté, mouluré et doré, époque Louis XV, garni sur châssis d'*ancienne tapisserie* au point en partie Régence.

Larg., 63 cent.

260 — Ameublement de salon en bois sculpté et doré, de style Régence, comprenant un grand canapé et six fauteuils, recouverts d'*ancienne tapisserie* au point, à figures, fleurs et animaux polychromes sur fond noir.

Long. du canapé, 2 m. 25.
Larg. d'un fauteuil, 73 cent.

(*Vente Virot. Mai 1884.*)

261 — Canapé de forme mouvementée en bois mouluré, sculpté, ciré, à décor de fleurs et feuillages reposant sur huit pieds; il est garni d'ancien damas rouge, soutaché de galons. Époque Louis XV.

Long., 1 m. 85 cent.

262 — Deux petits fauteuils en bois sculpté peint, recouverts en *ancienne tapisserie* au point; décor à gerbe de fleurs sur fond blanc. Époque Louis XV.

Larg., 60 cent.

263 — Grande chaise en bois sculpté, redoré, à décor de graines, feuillages, rocailles et baguettes enrubanées. Époque Louis XV. Elle est recouverte de velours frappé : paysages et fleurs.

Larg., 62 cent.

264 — Tabouret rectangulaire en bois sculpté doré, orné de feuillages. Époque Louis XV. Garniture de soie brochée.

Long., 47 cent.

265 — Tabouret rectangulaire en bois sculpté doré, décor de rosaces, cartouches et rocailles. Garniture de velours de Gênes. Époque Louis XV.

Long., 56 cent.

266 — Fauteuil à dossier-médaillon en bois sculpté et doré, à motifs de ruban, rosaces, et couronnement de feuillages de chêne. Garniture d'ancien velours épinglé. Époque Louis XVI.

Larg., 59 cent.

267 — Quatre chaises en bois sculpté peint, à dossier lyre et colonnettes. Époque Louis XVI. Deux sont garnies en velours épinglé vert, et deux en velours frappé rouge.

Larg., 45 cent.

268 — Deux chaises en bois sculpté, peint, analogues aux précédentes, de style Louis XVI, garnies de velours frappé rouge.

Larg., 45 cent.

269 — Deux chaises en bois sculpté doré, à dossier lyre et colonnettes, style Louis XVI, garnies d'*anciennes tapisseries* au point, variées.

Larg., 45 cent.

270 — Deux chaises semblables aux précédentes, de même style, couvertes de velours épinglé.

Larg., 45 cent.

271 — Trois tabourets de pieds en bois sculpté doré. Styles Louis XIV et Louis XVI.

272 — Grande et belle chaise longue en bois de noyer sculpté à fleurs et ornements rocailles. Elle est garnie de satin vert olive et galons appliqués.

Long., 2 mètres ; larg., 83 cent.

273 — Fauteuil en bois sculpté doré, décor de rocailles, coquilles, feuillages. Style Régence. Recouvert de velours rouge.

Larg., 70 cent.

274 — Dix chaises de salle à manger, cannées, en chêne mouluré, sculpté et ciré, à décor de coquilles, palmettes, feuillages, et croisillons réunissant les pieds. Style Régence. *Maison Quignon.*

Larg., 50 cent.

275 — Petit lit de repos, à dossiers renversés à crosses, en bois sculpté mouluré et doré, décor de fleurs. Style Louis XV. Il est recouvert et muni de coussins en ancienne soie brochée à fleurs.

Long., 1 m. 45 cent.

276 — Petit canapé canné, en bois sculpté doré, muni d'un coussin en damas rouge. Style Louis XV.

Long., 92 cent.

277 — Grande bergère à oreilles en bois sculpté mouluré, ciré, recouverte en damas rouge. Style Louis XV.

Larg., 78 cent.

278 — Bergère rectangulaire, à dossier droit, en bois sculpté doré, style Louis XVI. Recouverte en ancienne soie brochée, lamée de métal.

Larg., 70 cent.

279 — Trois bergères en bois sculpté doré, à décor d'enroulement de feuillages, rais de cœur, perles et pieds cannelés en spires. Elles sont garnies et munies chacune d'un coussin de velours rouge épinglé à petits bouquets. Style Louis XVI. *Maison Quignon.*

Larg., 69 cent.

280 — Bergère semblable aux précédentes, recouverte en velours rouge frappé à carrelages. Style Louis XVI.

281 — Autre bergère semblable aux précédentes, mais peinte en blanc. Elle est garnie et munie d'un coussin en ancienne soie brochée; fleurs et rayures sur fond jaune. Style Louis XVI.

282 — Banquette et deux chaises, cannées, en bois mouluré et peint, de style Louis XVI. La banquette est munie d'un coussin en damas de soie rouge.

Long. de la banquette, 1 m. 40 cent.

283 — Canapé en bois sculpté peint, à décor de rais de cœur, rosaces, piastres, et recouvert de velours rouge à rayures. Style Louis XVI.

Larg., 1 m. 80 cent.

284 — Chaise longue en deux parties, en bois sculpté doré, à décor d'entrelacs, perles et feuillages. Garniture de velours rouge à quadrillés.

Long., 1 m. 55; larg., 70 cent.

285 — Deux banquettes en bois peint noir partiellement doré, recouvertes en velours avec franges et applications de galons.

Long., 1 m. 15 cent.

286 — Six chaises en bois tourné, paillées.

TAPISSERIES ANCIENNES

COUSSINS, RIDEAUX, TENTURES

287 — Tapisserie d'*Aubusson* verdure, avec fontaine ornée d'amours et couronnée d'un vase. Grands arbres, arbustes et chien d'arrêt. Bordures d'encadrement à rinceaux de feuillages. XVIIIe siècle.

Haut., 2 m. 85 cent.; larg., 3 m. 50 cent.

288 — Petite tapisserie rectangulaire, verdure, d'*Aubusson*. Bordure à la partie supérieure. XVIIIe siècle.

Haut., 2 m. 90 cent., larg., 1 m. 35 cent.

289 — Deux portières en peluche, garnies de bandes faites de bordures d'ancienne tapisserie de *Beauvais;* décor de coquilles et rinceaux. Plus deux bandes faisant complément.

Long. totale, 10 m. 40 cent.; larg., 10 cent.

290 — Bandeau en peluche, garni d'une bande en ancienne tapisserie de *Beauvais* à rinceaux de feuillages.

Long., 3 m. 30 cent.; larg., 12 cent.

291 — Bandeau en peluche, garni d'une bande en ancienne tapisserie flamande.

Long., 3 m. 20 cent.; larg. 24 cent.

292 — Tenture en trois parties, en ancienne tapisserie flamande, commencement du XVIIIe siècle. Verdures avec oiseaux et animaux, paysage accidenté et château.

Haut., 2 mètres ; long., 12 mètres environ.
Haut., 2 mètres; long., 3 m. 80 cent. environ.
Haut., 2 mètres ; long.; 72 cent. environ.

Plus un lot de fragments.

293 — Deux pentes en ancienne tapisserie flamande. Époque Louis XIV. Décor : petits médaillons à paysages et chutes de fleurs.

Haut., 3 m. 25 cent.; larg., 45 cent.

294 — Encadrement de baie en ancienne tapisserie flamande, époque Louis XIV. Décor : cartouches, gaines à corps d'enfants, chutes de fleurs, vases fleuris.

Haut., 3 m. 30 cent.; larg., 2 m. 50 cent.

295 — Bandeau en ancienne tapisserie flamande provenant d'une bordure. Présentant un cartel à petit paysage et guirlandes de fleurs. XVIIe siècle. Cadre en baguettes Louis XVI, bois doré.

Haut., 40 cent.; larg., 1 m. 70 cent.

296 — Trois fragments d'ancienne tapisserie flamande du XVIIe siècle. Cartouches avec inscriptions.

Haut., 54 cent.; larg., 90 cent.

Cadres dorés en ancienne baguette Louis XVI.

297 — Bandeau en ancienne tapisserie flamande, décor d'arabesques.

Long., 1 m. 68 cent.; larg., 25 cent.

298 — Bandeau de cheminée en ancienne tapisserie flamande, à décor de rinceaux fleuris. Époque Régence.

Long., 2 m. 20 cent.; larg., 20 cent.

299 — Deux portières en étoffe satinée rouge, garnies d'une bande en ancienne tapisserie des Flandres, à enroulement de feuilles d'acanthe sur baguette. XVIIIe siècle.

Long. de la bande, 6 m. 20 cent.; larg., 13 cent.

300 — Bande en ancienne tapisserie flamande, décor d'arabesques et cartouche. XVIIIe siècle.

Long., 2 mètres; larg., 22 cent.

301 — Deux paires de rideaux en damas de soie rouge, ornés chacun de deux bandes en velours de Gênes, décor à rinceaux de feuillages rouges sur fond vieil or.

Dim. des bandes : long., 16 m. 80 cent.; larg., 25 cent.

302 — Fort lot de rideaux en damas rouge.

303 — Coussin en velours rouge, décoré d'applications et de broderies en soie de couleur et or, garni de frange. XVIe siècle.

Long., 50 cent.; larg., 33 cent.

304 — Fort lot de coussins divers en soie, brocart, velours, etc. (Sera divisé.)

TAPIS

305 — Tapis de prière, partie centrale à fond bleu, réserves sur carrelage. Large bordure d'encadrement à petites baguettes sur fond blanc. Ancien travail oriental.

Long., 2 m. 40 cent.; larg., 1 m. 54 cent.

306 — Carpette d'Orient, à médaillon central : porte de mosquée, fond rouge. Bordure en couleur.

Long., 1 m. 60 cent.; larg., 1 m. 22 cent.

307 — Carpette d'Orient, à semis fond bleu. Bordure à rayures.

Long., 2 mètres; larg., 1 m. 30 cent.

308 — Tapis galerie d'Orient, à décor de rosaces en forme de croix sur fond rouge. Petite bordure à arabesques.

Long., 2 m. 85 cent.; larg., 1 m. 22 cent.

309 — Tapis galerie d'Orient, à décor de trois losanges sur fond bleu. Bordure à dessins géométriques.

Long., 3 m. 05 cent.; larg., 1 m. 38 cent.

310 — Carpette galerie d'Orient, décor de carrelages sur fond bleu. Bordure arabesques en couleur.

Long., 3 mètres; larg., 1 m. 14 cent.

311 — Carpette d'Orient, semis de palmettes sur fond rouge. Bordure jaune et rouge.

Long., 3 m. 15 cent.; larg., 1 m. 70 cent.

312 — Grande carpette d'Orient, à dessins réguliers sur fond blanc.

Long., 4 mètres; larg., 2 m. 60 cent.

313 — Tapis carpette d'Ispahan, décor semis de palmettes sur fond blanc.

Long., 4 m. 10 cent.; larg., 2 m. 50 cent.

314 — Petit tapis de prière d'Orient à fond rouge, bordures bleu et jaune à arabesques.

Long., 1 m. 65 cent.; larg., 1. m. 18 cent.

315 — Carpette d'Orient, décor à deux losanges, fond blanc et rouge sur contrefond bleu. Bordures noire, blanche, rouge et jaune.

Long., 2 m. 15 cent.; larg., 1 m. 13 cent.

316 — Grand tapis de Smyrne, à rosace centrale sur fond rouge.

Long., 4 mètres; larg., 2 m. 85 cent.

317 — Grand tapis de Smyrne, à fond rouge, décor d'arabesques.

Long., 4 m. 40 cent.; larg., 3 m. 50 cent.

318 — Grand tapis à fond rouge uni et large bordure bleue.

Long., 5 m. 30 cent.; larg., 4 m. 20 cent.

319 — Objets non catalogués.

320 — Mobilier courant.

FOURRURES ET DENTELLES

321 — Deux collets et une étole en zibeline.

322 — Dentelles de Milan et Venise.

LIVRES

323 — **Almanach Royal**, année 1769. *Paris, Le Breton*, 1769, in-8°, maroquin rouge, large dentelle, vase de fleurs au centre, dent. intér., tr. dorées (*Rel. anc.*)

324 — **Balzac** (H. de). Œuvres complètes. *Paris, Houssiaux*, 1855-1865, 20 vol. in-8°, fig., demi-rel. dos et coins de mar. rouge, têtes dorées, non rogn.

325 — **Gazette des Beaux-Arts**. Courrier européen de l'Art et de la Curiosité. *Paris*, 1859 (origine) à 1877, 36 vol. — Table. 2 vol. — Ens. 38 vol. gr. in-8°, nomb. planches, demi-rel., dos et coins de mar. brun, têtes dorées, non rogn. (*David*).

1re Série : 1859 à 1868, 20 vol. — Table de 1859 à 1868, 2 vol. — 2e série : 1869 à 1877, 16 vol.

326 — **Imbert**. Le Jugement de Pâris. Poème en IV chants. *Amsterdam*, 1772, in-8°, titre gr., 4 fig. par Moreau et 4 vign. par Choffard, demi-rel. chag. bleu.

327 — **Molière**. Théâtre de J.-B.-P. de Molière, *Lyon, Scheuring*, 1864, 8 vol. in-8°, figures de F. Hillemacher, maroquin rouge, filets, dos ornés, dent. intér., tr. dorées (*Chambolle Duru).*

328 — **Musset** (A. de). Œuvres. *Paris, Lemerre*, 1876, 10 vol. in-18, papier vergé, maroquin brun, filets, dos, dent. intér., tr. dorées. (*David.*)

329 — **Office** de la Semaine Sainte. *Paris*, 1752, in-8°. maroquin rouge, filets, dos orné, tr. dorées. *(Rel. anc.)*

Aux armes et au chiffre de Louis XV.

330 — **Reiset** (Cte de). Modes et usages au temps de Marie-Antoinette. *Paris, Didot*, 1885, 2 vol. in-4°, 200 gravures, 68 en couleurs, demi-rel. dos et coins de mar. vert, têtes dorées, non rogn. *(Rousselle.)*

331 — **Saint-Simon.** Mémoires complets et authentiques sur le siècle de Louis XIV et la Régence, publiés par Chéruel. *Paris, Hachette*, 1856, 20 vol. in-8°, port., demi-rel. dos et coins de mar. rouge, têtes dorées, non rogn. *(Gruel.)*

Exemplaire sur grand papier vélin.

332 — Il sera vendu par lots environ 300 bons volumes. Sainte-Beuve : Causeries du lundi. — Classiques Français, collection du prince impérial, 36 vol. — Lettres de Mme de Sévigné — Dante — Demoustier — Gœthe — Lamartine — Mérimée — Tallemant des Réaux — Thiers, etc.

www.ingramcontent.com/pod-product-compliance
Ingram Content Group UK Ltd.
Pitfield, Milton Keynes, MK11 3LW, UK
UKHW021641260726
13994UKWH00003B/1234